Querida Sra. LaRue
Cartas desde la Academia Canina

Escrito e ilustrado por
Mark Teague

SCHOLASTIC INC.
New York   Toronto   London   Auckland   Sydney
Mexico City   New Delhi   Hong Kong   Buenos Aires

La Gaceta de Nuev

30 de septiembre

A Tracy Mack, editora brillante; a David Saylor, diseñador impecable; y a Earl y Ali, perros geniales.

Originally Published in English as *Dear Mrs. LaRue: Letters from Obedience School* Translated by Miriam Fabiancic.

ISBN 0-439-66128-5

12 11 10 9 8 7 6 5 4 3 2   4 5 6 7 8 9/0

Printed in the U.S.A.   24

First Spanish printing, September 2004

The display type was set in American Typewriter Bold. The text type was set in 14-point ITC American Typewriter Medium and 18-point Litterbox. The illustrations were painted in acrylics. Book design by Mark Teague and David Saylor.

ENVÍAN A UNO DE NUESTROS PERROS A LA ACADEMIA CANINA

**"Ike"
LaRue**

La Sra. Gertrudis R. LaRue, residente de Nueva Bufonia, inscribió a su perro Ike en la Academia Canina de Igor Brotweiler, aduciendo una larga lista de problemas de comportamiento. La academia, fundada en 1953, es reconocida por su experiencia en el tratamiento de casos similares.

"¡Ya no aguanto más! —declaró la Sra. LaRue—. Quiero mucho a Ike, pero me temo que está muy malcriado. Se roba la comida de las alacenas, persigue a los gatos de los vecinos y se la pasa ladrando cuando se queda solo. Y por si fuera poco, la semana pasada, casi me tumbó cuando cruzaba la calle ¡y arruinó mi abrigo de pelo de camello! Ya no sé qué hacer con él".

Los representantes de la academia no estaban disponibles para dar su opinión al respecto...

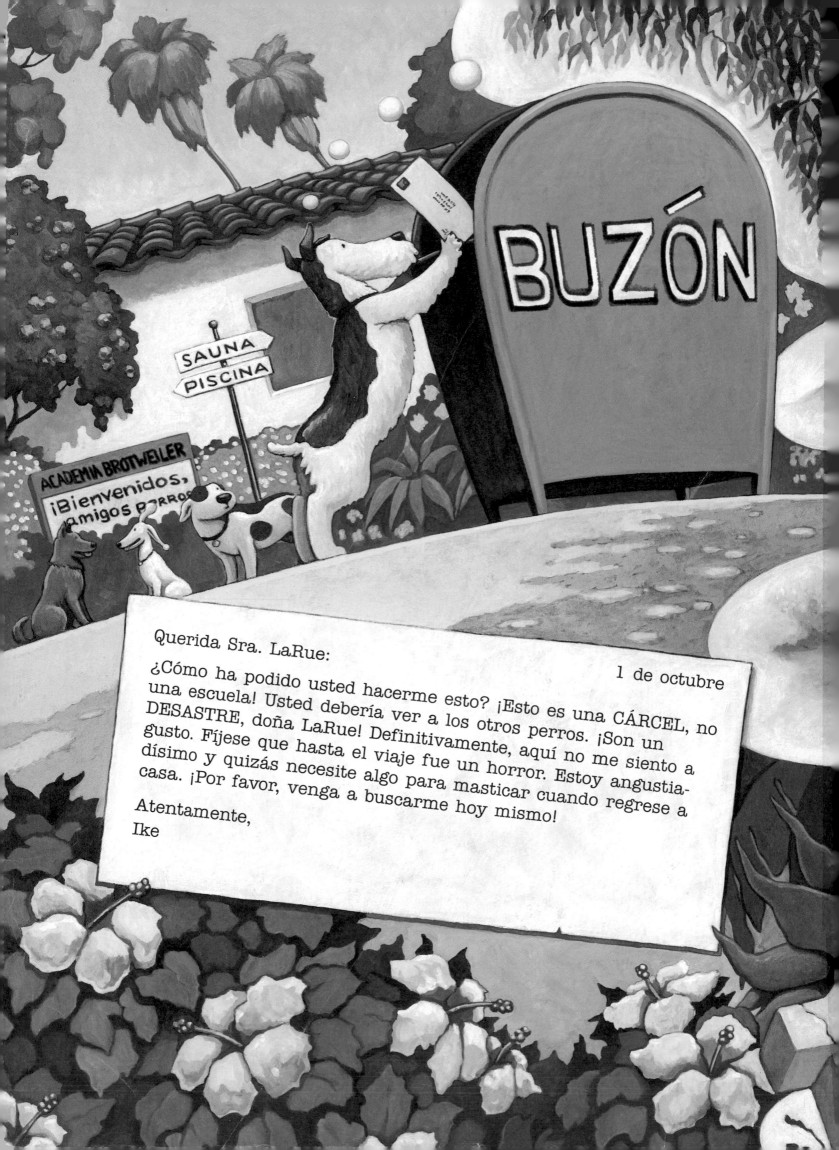

Querida Sra. LaRue:

1 de octubre

¿Cómo ha podido usted hacerme esto? ¡Esto es una CÁRCEL, no una escuela! Usted debería ver a los otros perros. ¡Son un DESASTRE, doña LaRue! Definitivamente, aquí no me siento a gusto. Fíjese que hasta el viaje fue un horror. Estoy angustiadísimo y quizás necesite algo para masticar cuando regrese a casa. ¡Por favor, venga a buscarme hoy mismo!

Atentamente,
Ike

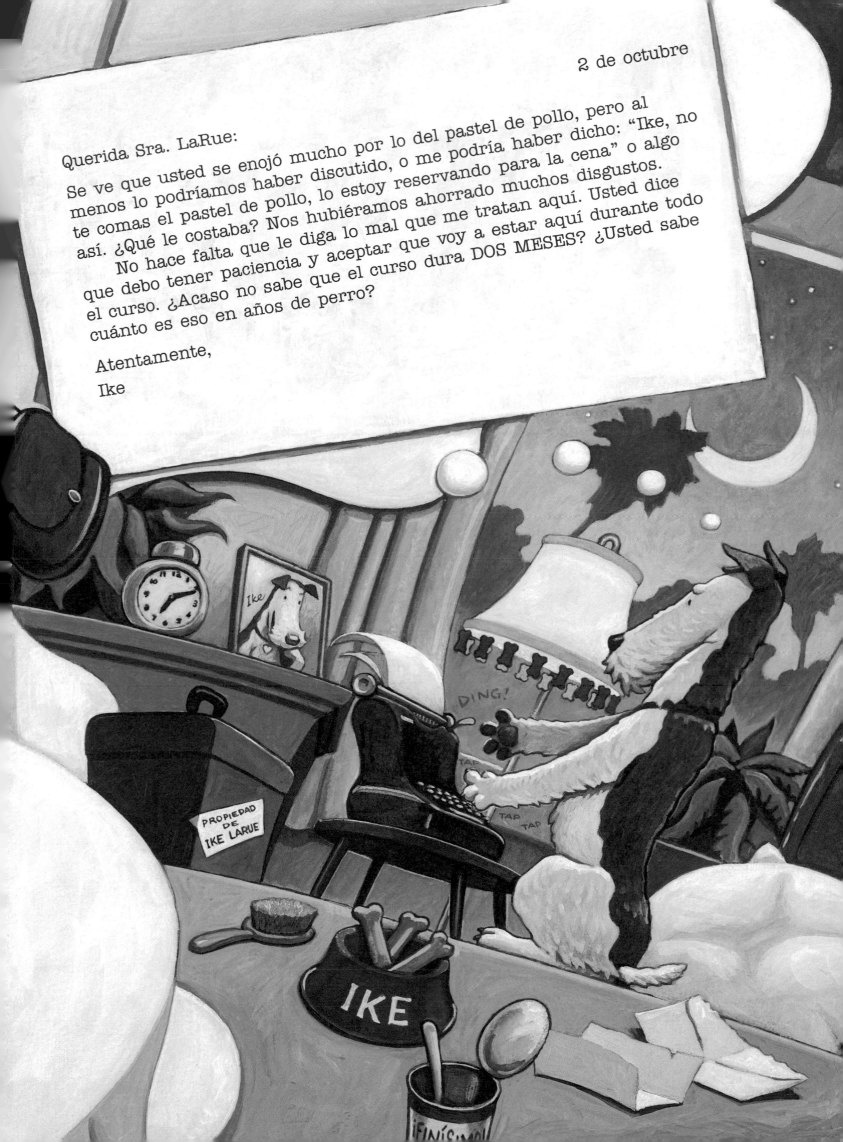

2 de octubre

Querida Sra. LaRue:

Se ve que usted se enojó mucho por lo del pastel de pollo, pero al menos lo podríamos haber discutido, o me podría haber dicho: "Ike, no te comas el pastel de pollo, lo estoy reservando para la cena" o algo así. ¿Qué le costaba? Nos hubiéramos ahorrado muchos disgustos.

No hace falta que le diga lo mal que me tratan aquí. Usted dice que debo tener paciencia y aceptar que voy a estar aquí durante todo el curso. ¿Acaso no sabe que el curso dura DOS MESES? ¿Usted sabe cuánto es eso en años de perro?

Atentamente,

Ike

Querida Sra. LaRue:

Quisiera hacer una aclaración con respecto a la reputación de los gatos de los Ondino. En primer lugar, no son tan angelitos como doña Ondino los pinta. Segundo, ¿qué culpa tenía yo de que ellos se instalaran en la escalera de incendios, con el frío que hacía, en pleno mes de enero? ¿No le parece que estaban exagerando un poco, dando esos chillidos y negándose a bajar de ahí? También me cuesta creer que después del incidente hayan estado enfermos por tres días, pero con los gatos nunca se sabe...

Su perro,
Ike

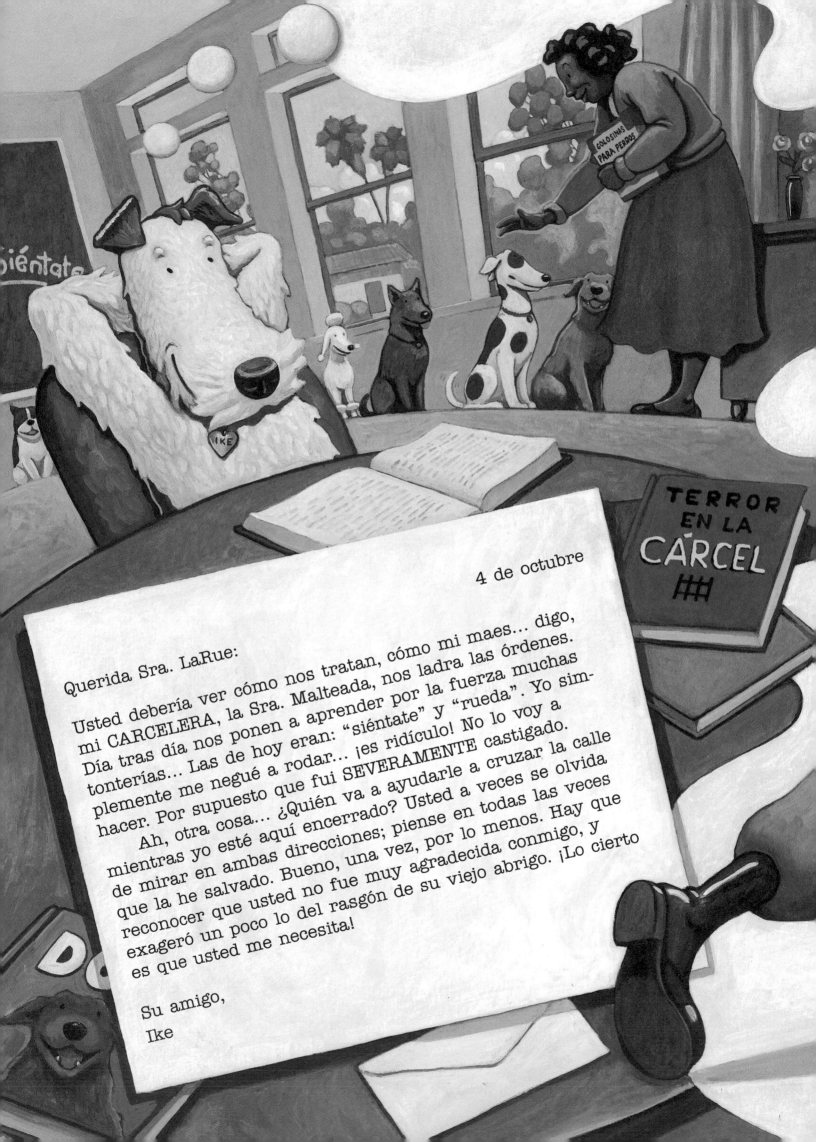

4 de octubre

Querida Sra. LaRue:

Usted debería ver cómo nos tratan, cómo mi maes... digo, mi CARCELERA, la Sra. Malteada, nos ladra las órdenes. Día tras día nos ponen a aprender por la fuerza muchas tonterías... Las de hoy eran: "siéntate" y "rueda". Yo simplemente me negué a rodar... ¡es ridículo! No lo voy a hacer. Por supuesto que fui SEVERAMENTE castigado.

Ah, otra cosa... ¿Quién va a ayudarle a cruzar la calle mientras yo esté aquí encerrado? Usted a veces se olvida de mirar en ambas direcciones; piense en todas las veces que la he salvado. Bueno, una vez, por lo menos. Hay que reconocer que usted no fue muy agradecida conmigo, y exageró un poco lo del rasgón de su viejo abrigo. ¡Lo cierto es que usted me necesita!

Su amigo,
Ike

5 de octubre

Querida Sra. LaRue:

Los GUARDIAS están aquí todo el tiempo con eso de "buen perro" y "mal perro". Me tienen harto con su cantaleta: "Buen perro, Ike. No seas mal perro, Ike". ¿Acaso es bueno estar sentado sin moverse todo el día? ¡En todo caso, no me daré por vencido!

La Sra. Malteada me ha quitado la máquina de escribir. Dice que molesta a los otros perros, ¡pero a nadie le importa que los otros perros me molesten A MÍ!

Suyo siempre,
Ike

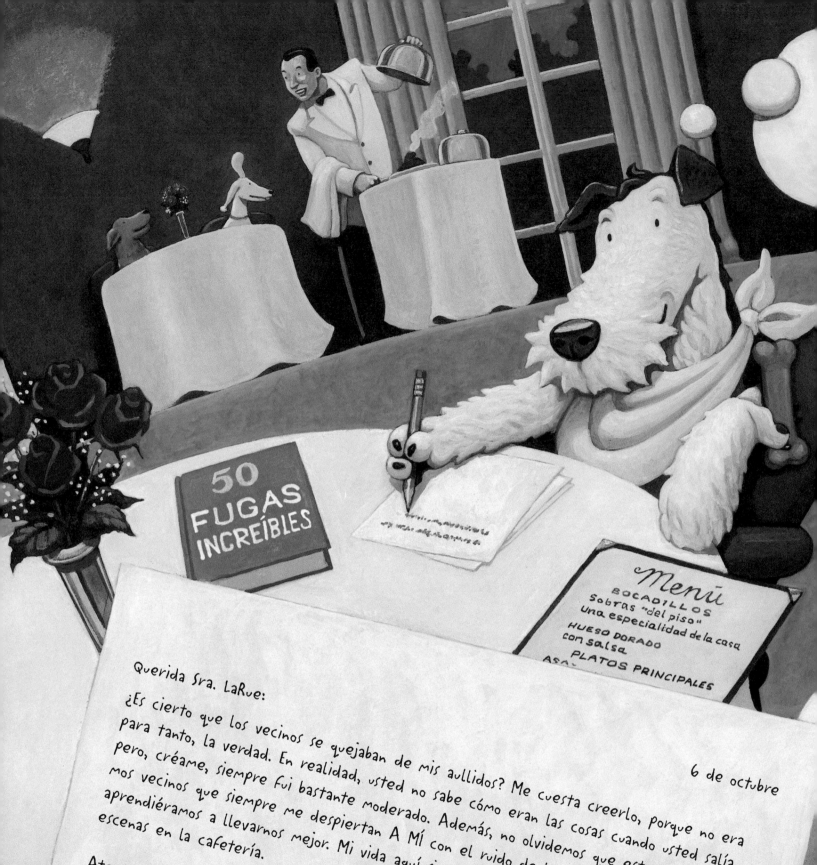

Querida Sra. LaRue:

6 de octubre

¿Es cierto que los vecinos se quejaban de mis aullidos? Me cuesta creerlo, porque no era para tanto, la verdad. En realidad, usted no sabe cómo eran las cosas cuando usted salía, pero, créame, siempre fui bastante moderado. Además, no olvidemos que estos son los mismos vecinos que siempre me despiertan A MÍ con el ruido de la aspiradora. Sería bueno que aprendiéramos a llevarnos mejor. Mi vida aquí sigue siendo una pesadilla. No se imagina las escenas en la cafetería.

Atentamente,
Ike

P.D. No quisiera alarmarla, pero estoy pensando que escapar no sería tan mala idea...

7 de octubre

Querida Sra. LaRue:

Me duele tener que decirle esto, pero estoy gravemente enfermo. Todo comenzó con mi pata, que me dolía muchísimo y estuve cojeando todo el día. Después me sentí mareado, así es que casi no pude tragar ni un bocado (excepto la salsa, que estaba deliciosa). Después comencé a quejarme y a aullar. De manera que me tuvieron que llevar al veterinario. El Dr. Wilfredo dice que no encuentra nada malo, pero yo estoy seguro de mi gravedad, por eso debo regresar a casa cuanto antes.

Honestamente suyo,

Ike

8 de octubre

Querida Sra. LaRue:

Gracias por su considerada nota de convalescencia. Todavía me sorprende que no haya venido a buscarme. Sé que el Dr. Wilfredo no está tan preocupado, pero creo que no hay que correr riesgos innecesarios cuando se trata de la salud, ya que podría llegar a tener una recaída, ¿no le parece?

Con la llegada del otoño, pienso en los momentos que pasamos juntos en el parque. ¿Se acuerda cuando traía la pelota de tenis para jugar? Usted la lanzaba y yo salía corriendo y SIEMPRE la traía, excepto una vez que cayó en algo desagradable y le traje de vuelta un palo. ¡Ay, cómo extraño aquellos días!

Suyo siempre,

Ike

P.D. ¡No se imagina qué horrible es estar encerrado en esta celda tan estrecha!

P.P.D. Todavía me siento enfermo.

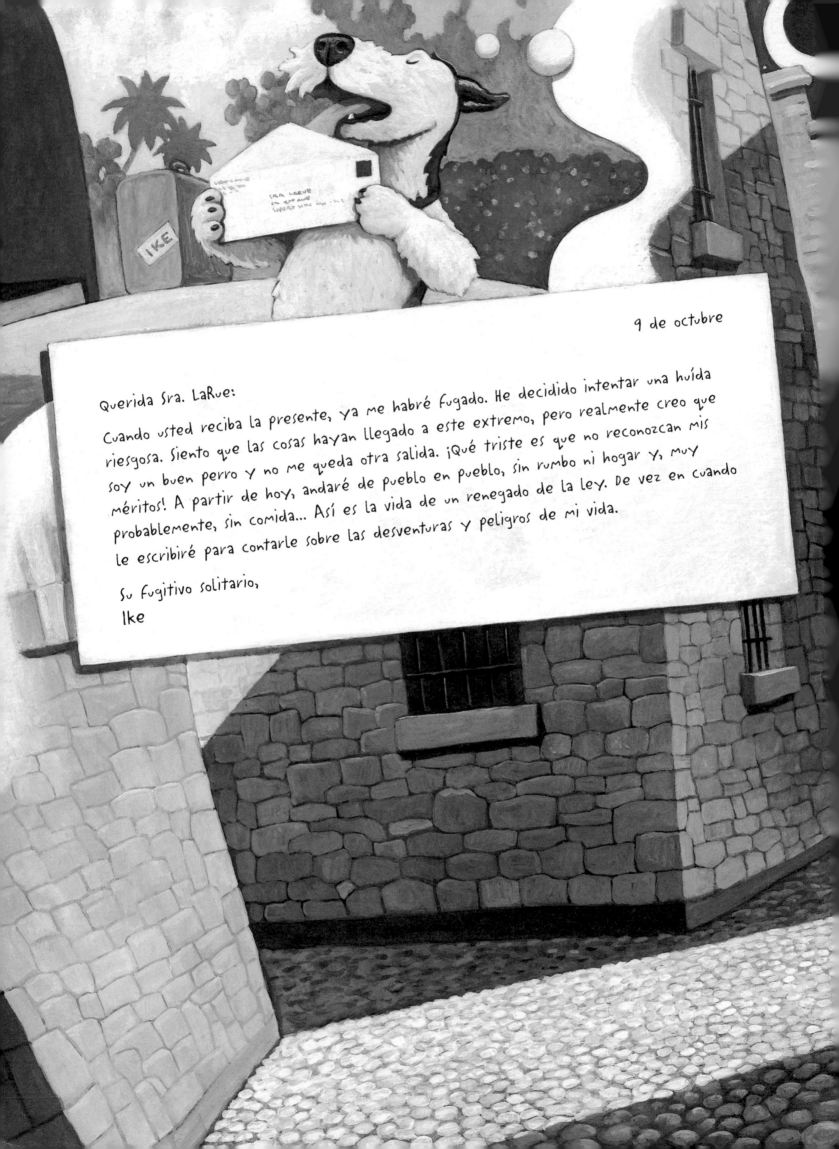

9 de octubre

Querida Sra. LaRue:

Cuando usted reciba la presente, ya me habré fugado. He decidido intentar una huída riesgosa. Siento que las cosas hayan llegado a este extremo, pero realmente creo que soy un buen perro y no me queda otra salida. ¡Qué triste es que no reconozcan mis méritos! A partir de hoy, andaré de pueblo en pueblo, sin rumbo ni hogar y, muy probablemente, sin comida... Así es la vida de un renegado de la ley. De vez en cuando le escribiré para contarle sobre las desventuras y peligros de mi vida.

Su fugitivo solitario,

Ike

La Gaceta de Nueva Bufonia

10 de octubre

LARUE ESCAPA DEL REFORMATORIO CANINO

El ex residente de Nueva Bufonia, Ike LaRue, escapó anoche de los dormitorios de la Academia Canina Igor Brotweiler. Las autoridades lo describieron como un "perro de armas tomar". Hasta el momento se desconoce su paradero.

"Sinceramente, pensé que estaba bromeando cuando me escribió contándome su plan de escapar —dijo la dueña del perro, doña Gertrudis LaRue, que estaba visible-mente preocupada—. Ike tiene ten-dencia a exagerar. Ahora solo nos queda esperar a que regrese". Cuando le preguntaron si estaría dispuesta a enviar a Ike nueva-mente a la escuela, la Sra. LaRue respondió que tendría que estudiar-lo. Según ella: "Ike es un buen perro, pero a veces se pone un poco malcriado".

¡SE BUSCA!
CAN FUGITIVO
"IKE"
RECOMPENSA
A QUIEN LO ENTREGUE
A LA ACADEMIA
IGOR BROTWEILER
CAFÉ

11 de octubre: En algún lugar de América

Querida Sra. LaRue:

Sigo pasando trabajos en esta vida, rodando por parajes desolados. ¿Quién sabe adónde me llevará el destino? ¡Ojalá sea a algún sitio donde se coma bien! ¿Se acuerda de los bocadillos que me preparaba? Pues los extraño, igual que nuestro acogedor apartamento. ¡Pero sobre todo, la extraño a usted!

Su triste perro,
Ike

P.D. Incluso extraño a los gatos de los Ondino, en cierta forma.

12 de octubre: Aún por esos caminos

Querida Sra. LaRue:

El mundo es un sitio cruel y duro para un perro fugitivo. Usted no podría creer las penurias que he pasado. Cómo será, que he decidido regresar a casa. Quizás usted trate de encerrarme una vez más, pero creo que debo correr ese riesgo. Y, francamente, estoy más preocupado por usted que por mí. Aunque no me lo crea, doña LaRue, ¡usted realmente necesita un perro!

Su amigo incomprendido,

Ike

La Gaceta de Nueva Bufonia

13 de octubre

¡PERRO HÉROE SALVA A SU DUEÑA!

Ike LaRue, hasta hace poco inscrito en la Academia Canina de Igor Brotweiler, hizo un dramático regreso a Nueva Bufonia. Ike llegó justo a tiempo para salvar a su antigua dueña, Gertrudis LaRue, domiciliada en la Segunda Avenida, del paso arrollador de un camión. La Sra. LaRue había ido a la ciudad a comprar un nuevo abrigo de pelo de camello, y se especula que había cruzado la calle sin mirar previamente en ambas direcciones.

El arriesgado rescate fue presenciado por varios testigos, entre ellos el patrullero Nelson Simonet. "Cruzó dos carriles de la calle dando volteretas para llegar hasta su dueña —dijo Simonet—. Fue sorprendente; no he visto a nadie dar volteretas así desde que salí de la Academia de Policía".

La Sra. LaRue salió ilesa del incidente, aunque el abrigo se le arruinó
por completo. "Eso no me preocupa
—dijo la Sra. LaRue—. Estoy feliz de
tener a Ike de vuelta en casa, donde

debe estar".
LaRue dijo que está organizando
una fiesta para Ike. "Vendrán todos
los vecinos y serviré los platos
preferidos de Ike...".

¡VIVA
IKE!

"Apuesto a que no podrá resistir la tentación de probar el pastel de pollo".

BIENVENIDO A CASA